星级酒店精致西餐热菜

食尚文化○组织编写

化学工业出版社

·北京·

图书在版编目（CIP）数据

热菜/食尚文化组织编写. —北京：化学工业出版社，2010.6
（星级酒店精致西餐）
ISBN 978-7-122-08286-2

Ⅰ.热… Ⅱ.食… Ⅲ.西餐-食谱 Ⅳ.TS972.188
中国版本图书馆CIP数据核字（2010）第071321号

责任编辑：张 彦
责任校对：王素芹　　　　装帧设计：迷底书装

出版发行：化学工业出版社（北京市东城区青年湖南街13号 邮政编码100011）
印　　装：北京画中画印刷有限公司
720mm×1000mm 1/16 印张6 字数10千字 2011年1月北京第1版第1次印刷

购书咨询：010-64518888（传真：010-64519686） 售后服务：010-64518899
网　　址：http://www.cip.com.cn
凡购买本书，如有缺损质量问题，本社销售中心负责调换。

定　　价：38.00元

目 录 *Contents*

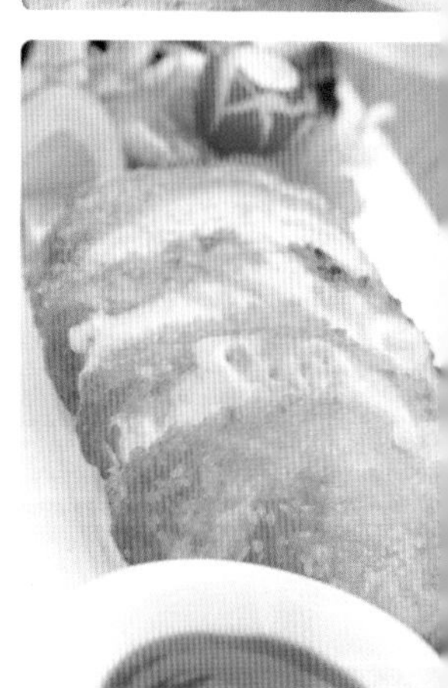

奶酪味澳洲小牛配辛香蔬菜 \ 制作者：袁小飞

Grilled Veal Served with Parmesan Cheese,Seasonal Vegetables and Beef Sauce

原　料

小牛肉	160克	芝麻生菜	5克
茄子丁	10克	奶酪片	5克
红柿子椒丁	10克	牛肉汁	10毫升
黄柿子椒丁	10克	盐	6克
绿柿子椒丁	10克	胡椒粉	3克
西葫芦丁	10克	橄榄油	8毫升

制作过程

1. 将切好的蔬菜丁用橄榄油烹炒，加入盐、胡椒粉调味。
2. 将小牛肉用盐、胡椒粉腌制，用橄榄油煎上色，再用烤箱烤熟。
3. 将炒好的蔬菜做柱状摆放在盘中，小牛肉放在蔬菜丁上。
4. 牛肉汁浇洒在小牛肉四周，摆放芝麻生菜、奶酪片即可。

北京万达索菲特酒店西餐厨师长。

红烩羊肉 \ 制作者：朱岩

Lamb Stew

原　料

原料	用量	原料	用量
羊腿肉	300克	番茄酱	30克
洋葱	1个	面粉	少许
土豆	1个	基础汤	600毫升
胡萝卜	1根	米饭	100克
芹菜	1棵	青椒	1个
香叶	2片	红椒	1个
迷迭香	1克	橙椒	1个
大蒜	1头	白胡椒	10粒
		干红葡萄酒	10毫升

制作过程

1. 将羊腿肉除去多余的脂肪、筋膜后，切成大小合适的块。
2. 洋葱、胡萝卜、土豆切成块，芹菜切段。香叶、迷迭香、白胡椒粒放入纱布包成包。
3. 将羊肉块用油煎上色，放入干红葡萄酒，煮干后备用。
4. 用油炒香洋葱块、胡萝卜块、土豆块、芹菜段、蒜碎，加入煎好的羊肉块，放入番茄炒出红油，放入少许面粉拌匀，加入基础汤，放入香草包，煮至羊肉变软调味。
5. 青椒、红椒、黄椒切成宽条，用油炒熟。
6. 将烩好的羊肉放入盘中，上面撒上青椒、红椒、黄椒条，米饭单跟，同上即可。

湖北大厦西餐行政总厨。

烤羊腿露丝玛莉汁 \ 制作者：杜惠平

Roasted Lamb Leg with Garlic Rosemary Sauce

原　料

原料	用量	原料	用量
鲜去骨羊腿	200克	百里香	5克
土豆	30克	盐	15克
彩色小西葫芦	20克	胡椒粉	5克
彩椒	10克	洋葱	20克
鲜迷迭香	5克	胡萝卜	20克
大蒜	50克	西芹	20克
黄油	30克	橄榄油	15毫升
迷迭香草	5克	露丝玛莉汁	15毫升

制作过程

1. 净羊腿肉加入洋葱、胡萝卜、西芹，放入除橄榄油之外的所有调料，腌制2小时入味。
2. 用平底锅将腌好的羊腿肉外表煎上色，再入烤箱190℃，烤熟约30分钟。
3. 将土豆、彩色小西葫芦、彩椒，用盐、胡椒粉、橄榄油腌制并炒熟。
4. 将羊腿肉改刀切片装盘，淋入露丝玛莉汁，用鲜迷迭香及炒熟的蔬菜装饰即可。

北京鸿翔酒店西餐行政总厨。

煎德式肉面包配洋葱汁 制作者：邓旭营

Grilled Meat Loaf with Onion Sauce

原　料

肉面包	60克
猪肉	50克
盐	3.5克
马祖林	1克
奥里根奴	1克
肉面包香辛料	0.3克
冰糖片	15克
大虾	36克
洋葱汁	20克
胡椒粉	适量

制作过程

1. 选优质大虾和优质猪肉，将猪肉剁成肉泥。
2. 肉泥添加冰糖片、马祖林、奥里根奴、肉面包香辛料、盐和胡椒粉搅拌上劲。
3. 选用40毫米×40毫米正方形模具，将大虾摆放底部后添加肉馅压实，蒸2分钟。
4. 扒板升温180～200℃，将大虾扒至正面金黄色，配洋葱汁上盘即可。

西餐高级烹饪技师。

烤猪肘配酸椰菜 \ 制作者：邓旭营
Roasted Pig Knuckle with Sauerkraut

出品量1份

原 料

猪肘	1200克	茴香	1克
盐	30克	杜松子	0.3克
亚硝酸钠	0.1克	白酒醋	50毫升
日本清酒	50毫升	洋葱	100克
白胡椒粒	5克	橄榄油	50毫升
黑胡椒粒	5克	啤酒	1000毫升
椰菜	200克		

制作过程

1. 选优质的肘子将皮上的猪毛取净，用亚硝酸钠、黑胡椒粒、白胡椒粒、盐水、啤酒腌制48小时，每12小时翻滚一次。

2. 烤箱200～250℃烤2小时，180～200℃再烤2小时，慢慢将猪皮下的脂肪烤化。

3. 将椰菜切细丝加入茴香、杜松子、白酒醋、日本清酒腌制，然后用黄油炒香洋葱丝，再炒香椰菜。

4. 出品配德国面包和热狗肠、金笋尖和薯饼装饰。

意大利羊肉烤茄子 \ 制作者：邓旭营

Roast Lamb with Eggplant

出品量1份

原　料

羊里脊肉	140克	蒙特利尔料	3克
猪肥肠	1根	茄子	30克
羊肉	80克	鸡蛋黄	1个
盐	3克	彩西葫芦	30克
鸡粉	1.5克	鲜迷迭香	1支
迷迭香	0.5克		

制作过程

1. 选优质的羊里脊肉切片，添加调味料腌制4小时，扒板升温180～200℃煎熟。

2. 将彩西葫芦切片垫底，将羊排放到烤熟的茄子上面，配鸡蛋黄。

3. 将猪肥肠灌入羊肉，煎熟切段，放在合适位置装饰，最后放鲜迷迭香点缀即可。

烤猪柳配菠菜 \ 制作者：邓旭营

Roasted Pork Loin with Sautéed Spinach Leave

出品量1份

原 料

猪通脊	140克（2个）
橄榄油	10毫升
盐	4克
白胡椒粉	1克
蒙特利尔料	12克
菠菜叶	80克
奶油菠菜汁	20毫升
洋葱	适量
大蒜	适量
鸡粉	适量

制作过程

1. 选优质的猪通脊，分割140克成2片，用盐、白胡椒粉、蒙特利尔料、橄榄油腌制4小时，放入条纹扒板180～200℃上直接煎熟。

2. 用黄油将洋葱碎、蒜碎炒香，加入沸水、菠菜，再放入盐和鸡粉调味，然后将菠菜做成图中的形状垫底。

3. 将煎熟的猪柳摆放在菠菜上面，浇奶油菠菜汁即可。

烤蒜味猪梅肉 \ 制作者：邓旭营

Roasted Neck of Pork Marinated with Garlic and Pepper

出品量1份

原　料

猪梅肉	120克
盐	2克
蒜粉	1克
洋葱粉	1克
香油	2毫升
法香	1克
鸡粉	1克
日本清酒	3毫升
红酒汁	适量

制作过程

1. 选优质猪梅肉切片，用各种调味料混合腌制8小时。

2. 扒板升温180～200℃，将猪梅肉煎熟，浇少许红酒汁。

3. 用煎土豆饼和单面煎鸡蛋装饰即可。

香煎羊排配羊肚菌汁 \ 制作者：郝杰

Grilled Lamb Chop with Morel Sauce

原　料

羊排	220克
胡萝卜	100克
黑胡椒粉	2克
盐	2克
樱桃	10克
意大利面	1根
羊肚菌	8克
烧汁	20毫升
南瓜球	10克
西葫芦球	10克

制作过程

1. 羊排用盐、黑胡椒粉腌好；胡萝卜切细丝炸成金黄色。

2. 意大利面炸熟粘上糖浆裹扑扑米，樱桃炸成金黄色，南瓜球、西葫芦球飞水炒熟，羊排煎熟码好上面放胡萝卜丝，用羊肚菌汁勾盘，码好后放糖碗插一根意大利面。

3. 放樱桃、南瓜球、西葫芦球，淋上烧汁，用糖丝装饰。

北京世纪远洋酒店西餐总厨。

俄式烩牛肉 \ 制作者：张力

Russian Beef Stewed

原　料

牛腩	200克	黑胡椒	5克
洋葱	100克	香叶	2片
胡萝卜	100克	番茄酱	50克
芹菜	70克	水	500毫升
青椒	1个	面粉	适量
甜红酒	50毫升	盐	适量
蒜蓉	20克	糖	适量
干辣椒	2个	胡椒粉	适量

制作过程

1. 将牛腩块用热油紧一下。

2. 把洋葱、胡萝卜、芹菜、干辣椒、香叶、黑胡椒炒香后，加水烧开，放入牛肉焖1.5小时左右。

3. 炒洋葱块、胡萝卜块、芹菜块，加入番茄酱，少许面粉，再加入甜红酒，少量原汤、青椒、蒜蓉、牛肉烩一下。

4. 加入盐、糖、胡椒粉调成酸甜口即可。

北京天伦松鹤酒店西餐总厨。

匈牙利烩牛肉 \ 制作者：张力

Beef Goulash

出品量1份

原　料

牛腩块	200克
洋葱	100克
胡萝卜	100克
西芹	50克
红酒	50毫升
红粉	10克
白蘑菇	50克
面包片	1片
香叶	2片
杂香草	2克
烧汁	200毫升
盐	适量
胡椒粉	适量

制作过程

1. 牛腩块蘸面粉上扒盘煎一下，备用。
2. 炒洋葱块、胡萝卜块、西芹块，加入香叶、杂香草、红粉。
3. 加入红酒煮一下，然后加入烧汁。
4. 开锅后加入扒好的牛腩块烩约1.5小时左右。
5. 牛肉快熟时加入白蘑菇块，再放入盐、胡椒粉调味。
6. 出锅装盘，上放面包角装饰（面包片切块，油炸至金黄）即可。

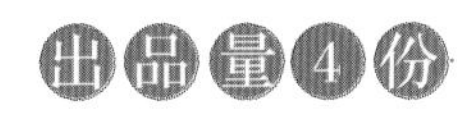

原　料

羊肉	1000克
洋葱碎	200克
蒜碎	50克
辣椒粉	10克
咖喱粉	20克
咖喱膏	20克
盐	10克
鸡汤	500毫升
植物油	150毫升

制作过程

1. 羊肉洗净后切成方块备用。

2. 锅中放油，加入洋葱碎、蒜碎炒香，再放入辣椒粉、咖喱粉、咖喱膏炒香，然后加入羊肉、鸡汤煮约40分钟，加入盐调味，将汁浓缩后即可装盘。出菜前配米饭同上。

北京天坛假日酒店西餐行政总厨。

碳烧排骨烧烤汁 \ 制作者：刘伟

B.B.Q. Pork Spare Ribs with B.B.Q. Sauce

出品量2份

原　料

猪肋排	1000克
酱油	100毫升
他里根	10克
芹菜	10克
蒜粉	10克
黑椒碎	5克
柠檬汁	少许
糖	20克
烧烤汁	200毫升

制作过程

1. 将猪肋排加入除烧烤汁外的所有原料，腌制24小时。
2. 将腌制好的肋排放入180℃烤箱烤半小时。
3. 取出猪肋排刷上烧烤汁，焗上色，装盘即可。

北京渔阳饭店西餐行政总厨。

红酒烩牛尾 \ 制作者：刘伟

Ox-tail Simmered in Red Wine Sauce

出品量1份

原 料

牛尾	500克
红酒	1瓶
烧汁	500毫升
盐	6克
鸡粉	4克
洋葱	100克
黑椒碎	10克
香叶	2片
黄油	适量

制作过程

1. 先将牛尾腌入味，放扒板上，扒上色。

2. 锅中放黄油，加洋葱碎、香叶炒香加红酒，熬至一半加烧汁，加入牛尾，煮至牛尾软烂，调味装盘即可。

炸瓤鸡胸 \ 制作者：刘伟

Chicken Croden Bleu

出品量1份

原　料

鸡胸（大）	1个
火腿	50克
芝士片	50克
面包糠	20克
鸡蛋	1个
面粉	20克
盐	3克
胡椒粉	1克
白葡萄酒	5毫升

制作过程

1. 将鸡胸从中间片开，两边不要切断，用白葡萄酒、盐、胡椒粉腌制备用。

2. 把火腿片、芝士片瓤入其中，把口用刀背剁一下，封上口。

3. 把鸡胸调味，蘸上面粉、鸡蛋液、面包糠，入油锅炸熟。

4. 斜刀片开，装盘即可。

煎牛柳配黑椒汁 \ 制作者：郝强

Pan-fried Beef Fillet with Black Pepper Sauce

原料

牛柳	200克	黄油	60克
菠菜	50克	盐	7克
胡萝卜	20克	黑胡椒碎	15克
蒜碎	5克	淡奶油	20毫升
洋葱碎	20克	红葡萄酒	100毫升
小西葫芦	20克	白兰地	10毫升
红薯片	3克		

制作过程

1. 将牛柳淋上10毫升的红葡萄酒和2克的盐进行腌制。
2. 煎锅加热放入30克黄油用中火将牛柳煎至八成熟。
3. 将少司锅加热，放入黄油10克，待黄油融化七分热后加入洋葱碎、黑椒碎、蒜碎一起炒香，炒香后再加入90毫升的红葡萄酒、白兰地小火煮，让红葡萄酒与白兰地浓缩后加入烧汁一起煮，最后加入淡奶油、盐3克搅拌均匀制成黑椒沙司。
4. 把煎好的牛柳放在菠菜上面，再把黑椒沙司浇在牛柳的周围。
5. 将小西葫芦、胡萝卜做成橄榄状，焯水调味；红薯片炸成金黄色做装饰即可。

北京富力会西餐行政总厨。

维也纳炸猪排 \ 制作者：张利民

Breaded Vienna Pork Chop Schnitzel

原　料

猪排	150克
面粉	50克
鸡蛋	50克
面包糠	50克
蘑菇	20克
火腿	20克
芝士	20克

制作过程

1. 猪肉切片，从中间片开放入炒好的蘑菇、火腿、芝士，表面用盐和胡椒粉调味，然后依次沾上面粉、鸡蛋、面包糠。

2. 放入油锅中炸至金黄色，装盘装饰即可。

北京颐锦温泉会所行政总厨。

煎猪排西梅汁 \ 制作者：张利民

Pan-fried Pork Chop with Prume

出品量1份

原　料

猪排	150克
西梅	50克
土豆	100克
时蔬	100克
蔬菜米饭	120克
干红葡萄酒	100毫升
洋葱	适量
盐	适量
胡椒粉	适量

制作过程

1. 猪排改刀成薄片。拍匀，用盐和胡椒粉调味。

2. 上锅煎熟猪排备用。

3. 将煎熟的猪排放在蔬菜米饭上；西梅肉加入洋葱碎、干红葡萄酒慢慢煮软，加入烧汁慢火收成汁调味，淋在煎好的猪排上，用炸好的土豆片和时蔬装饰即可。

煎小牛仔柳配干葱红酒汁 \ 制作者：许哲峰

Pan-fried Veal Loin with Shallot Red wine Sauce

出品量1份

原　料

小牛仔柳	150克	烧汁	1杯
干洋葱丝	50克	黄油	10克
干红葡萄酒	20毫升	橄榄油	10毫升
杏鲍菇	50克	时令蔬菜	适量
黑胡椒碎	10克		

制作过程

1. 用橄榄油将干洋葱丝炒至金黄色，加入红酒稍煮后加入烧汁，收汁后调味，做成干葱红酒汁备用。

2. 杏鲍菇切片，用铁板扒熟备用。

3. 小牛仔柳用新鲜黑胡椒碎和红酒腌制，煎至八成熟（熟度根据客人需要）。

4. 盘中心放上杏鲍菇，上面放牛仔柳，浇上干葱红酒汁，四周配蔬菜即可。

小贴士：

小牛仔柳也叫小牛外肌。

北京名人国际大酒店西餐总厨。

煎羊扒配炒青蚕豆 \ 制作者：许哲峰

Grilled Lamb Chop with Broad Bean

出品量1份

原　料

八骨法式羊扒	1块
干红葡萄酒	1杯
青蚕豆	100克
大蒜	2瓣
生抽	5毫升
橄榄油	10毫升
羊肚菌	10克
黄油	10克
盐	适量
胡椒粉	适量

制作过程

1. 将大蒜切粒，与红酒、生抽、橄榄油混合均匀，然后均匀涂抹在羊扒上，腌制1～2小时。

2. 把羊肚菌清洗后，放热水中浸泡30分钟，羊肚菌捞出洗净，泡羊肚菌水留用。

3. 烤箱260℃预热，羊扒取出放烤盘上，撒盐和胡椒，烤20分钟取出。

4. 烤肉汁中加入羊肚菌、红酒、泡羊肚菌水和烧汁，收汁后浇在羊扒上，配橄榄油炒青蚕豆即可。

出品量1份

原 料

加州肉眼牛扒	220克
芦笋	150克
烧汁	50毫升
红酒	30毫升
洋葱	50克
盐	少许
黑胡椒碎	少许
黄油	适量

制作过程

1. 将牛扒在扒条炉上扒上条纹，在200℃烤箱中烤8分钟取出装盘。
2. 芦笋去皮在扒条炉上扒上纹后，用黄油炒熟，用盐、胡椒粉调味摆盘。
3. 用小火炒香洋葱，加入红酒、烧汁，待烧汁浓稠后调味，淋在肉上即可。

海航万豪酒店西餐厨师长。

泰式绿咖喱牛肉 \ 制作者：岳树起

Thai Green Beef Curry

出品量1份

原　料

牛肉	300克	罗勒叶	5克
洋葱	20克	椰浆	50毫升
鱼露	5毫升	鸡汤	200毫升
白糖	3克	黄油	20克
鸡粉	3克	精盐	适量
泰国绿咖喱膏	5克	色拉油	适量
香茅	10克		

制作过程

1. 牛肉切片，放入沸水锅中焯水。

2. 净锅上火，放入少许色拉油和黄油烧热，投入洋葱碎、香茅、绿咖喱膏煸炒出香味后，倒入牛肉，掺入鸡汤，用精盐、鱼露、鸡粉、白糖调好味，转小火烧至入味后，收浓汤汁，淋上椰浆，放上罗勒叶装盘即成。

香煎鹅肝配孜然奶油蛋羹 \ 制作者：袁小飞

Pan-fried Goose Liver Served with Cumin Steam Egg

出品量1份

原　料

鹅肝片	45克
孜然	10克
鸡蛋	1个
奶油	30克
糖粉	10克
鲜香草	3克
盐	3克
春卷皮	5克
奶酪粉	3克

制作过程

1. 将孜然、鸡蛋、糖粉、奶油搅拌在一起，放入烤箱中，用100℃蒸烤5分钟。

2. 将春卷皮撒上奶酪粉，用120℃烤4分钟，烤至上色。

3. 将鹅肝煎上色，放入盘中；放入烤好的春卷皮、孜然、少许奶油、盐。

4. 用鲜香草作为点缀即可。

米兰式猪肉 \ 制作者：于兵

Pork Plicate Milanese

原　料

猪通脊肉	150克	芝士粉	20克
鸡蛋	1个	百里香草	0.5克
面粉	20克	盐	8克
熟宽面条	100克	鸡汤	50毫升
去皮番茄（切丁）	50克	烹调油	80毫升
蒜碎	5克	意大利香草	1克
洋葱碎	10克	胡椒粉	适量

制作过程

1. 取一个平底锅加入30毫升烹调油上火，加入洋葱碎、大蒜碎炒至浅黄色后倒入番茄和鸡汤，10分钟后捣烂加入盐、胡椒粉，即成番茄沙司。

2. 猪通脊去除筋膜切块，用木锤拍成薄片，撒盐、胡椒粉腌10分钟，两面拍面粉。

3. 将鸡蛋打散放入容器中，加芝士粉和意大利香草拌匀成芝士蛋液。

4. 取一平底锅加入余下的食用油上火，油热后放入猪排，将其两面煎熟，取出控油码盘，浇番茄沙司，放在熟宽面条上即可食用。

华侨大厦行政总厨。

原　料

羊外肌	150克
新鲜面包糠	60克
鸡蛋清	60克
混合鲜香草	10克
红菜头	100克
小西葫芦	100克
盐	4克
胡椒面	2克
蒜碎	3克

制作过程

1. 羊外肌去筋，修整成形，用盐和胡椒面腌制5分钟，放在扒板上外部煎成浅色。

2. 鲜香草切碎和面包糠、鸡蛋清混合一起，放在保鲜纸上压成面皮，把煎好的羊外肌放在上面，把它完全包好，再放在煎铛上慢慢煎至五成熟。再用刀切成段。

3. 红菜头刨片切细丝，用油炸做装饰。

4. 小西葫芦切成小粒。用油炒香蒜碎后加入小西葫芦，炒熟放入盘中。

中信国安第一城行政总厨。

扒牛柳配芝士菠菜 \ 制作者：魏永明

Grilled Beef Tenderloin with Backed Cheese and Spinach

原料

澳洲牛柳	180克	胡萝卜	50克
古老也芝士	50克	红酒汁	100毫升
菠菜叶	50克	黄油	20克
小土豆	100克	黑胡椒	3克
绿小胡瓜	50克	盐	5克
黄小胡瓜	50克	小干葱	20克

制作过程

1. 将牛柳用盐、黑胡椒腌好，煎至五成熟备用。
2. 用小干葱炒菠菜，炒软即可，放在牛柳上，盖上切好的芝士条，放入烤箱。
3. 将胡萝卜、黄绿小胡瓜切成树叶状，焯水备用。
4. 装盘时，把蔬菜用黄油炒香，调口后放在牛柳边上，小土豆切半炸至金黄色做配菜，把红酒汁淋在盘子上即可。

国家大剧院西餐行政总厨。

爱尔兰烩羊肉 \ 制作者：苏强

Irish Lamb Stew

出品量1份

原　料

羊腿肉	200克	盐	少量
洋葱块	30克	白胡椒粉	少量
胡萝卜块	50克	黄油	30克
洋白菜块	50克	面粉	少量
土豆块	80克	牛奶	150毫升
香叶	2片		

制作过程

1. 将羊腿肉切成块（炖肉块大小），煮至八成熟。

2. 用黄油炒面粉加牛奶，制作成白汁。

3. 锅烧热放入切好的洋葱、胡萝卜、土豆、洋白菜、香叶、八成熟羊肉继续炖，等到羊肉快熟时用盐、胡椒粉调口，大火收汁，最后放入打好的白汁即可。

北京金都假日酒店西餐总厨。

印度炭火烤鸡 \ 制作者：刘嵬

Indian Tandori Chicken

原料

鸡肉	500克
原味酸奶	120克
香菜	20克
印度玛沙拉粉	35克
辣椒粉	20克
孜然粉	20克
印度芥末油	5毫升
姜蓉和蒜蓉	各25克

制作过程

1. 将鸡肉切成条，用酸奶、所有调味粉和姜蓉、蒜蓉腌制4小时。
2. 腌制好后放入烤炉烤熟，用香菜点缀即可。
3. 食用时配上印度馕饼、芒果酱。

北京金茂威斯汀西餐厨师长。

烤鸭胸配香橙汁 \ 制作者：杜惠平

Roasted Duck with Orange Sauce

出品量1份

原料

鸭胸	200克
脐橙	1个
土豆	50克
彩葫芦	80克
柠檬	50克

调料

黄油	40克
白糖	30克
橙汁（浓缩）	40毫升
烧汁	80毫升
盐	适量
胡椒粉	适量
百里香	适量

制作过程

1. 先将鸭胸用盐、胡椒粉腌制备用。

2. 起锅放入黄油，加入白糖炒上颜色，加入脐橙肉烧开后浓缩，再加入烧汁，用盐调好味备用。

3. 将鸭胸起锅煎上色，放入烤箱烤熟（使鸭胸的中心温度达到72℃）。

4. 将配菜和改刀后的鸭胸装入盘中，淋上橙汁，用百里香、柠檬、彩葫芦装饰即可。

扒鸡腿配蘑菇香草汁 \ 制作者：邓旭营

Grilled Chicken with Mushroom&Rosemary Sauce

出品量1份

原 料

原料	用量
去骨鸡腿肉	70克
奥尔良腌制料	5克
烧汁粉	3克
口蘑碎	5克
芦笋	100克
黄油	适量
洋葱	适量
大蒜	适量

制作过程

1. 选用优质的琵琶腿去骨清洗干净，添加奥尔良腌制料腌制4小时，烤箱180～200℃烤熟呈金黄色。
2. 黄油炒洋葱碎、蒜碎、口蘑碎，添加60毫升水，当水微微开的时候加入混合好的烧汁粉煮2分钟（烧汁粉3克+少许冷水搅拌均匀），离火加入黄油搅拌均匀。
3. 芦笋用沸水焯后用黄油炒断生，加少许盐调味。
4. 将烤熟的鸡腿装入盘中，浇蘑菇烧汁，配炸洋葱丝和口蘑片装饰。

香草烤琵琶腿 \ 制作者：邓旭营

Roast Chicken Leg with Herbs

出品量1份

原 料

琵琶腿	2只
奥尔良腌鸡料	12克
红糖	5克
美极酱油	2毫升
芥末籽	2克
百里香	0.1克
奥里根奴	0.1克
辣椒碎	2克
茴香籽	1克
鲜香草	1克

制作过程

1. 将各种调味料混合在一起加入琵琶腿用手滚揉1分钟后腌制4小时，放入180～200℃烤箱里烤熟成金黄色。

2. 将烤熟的琵琶腿装盘，用鲜香草点缀即可。

橙汁烤鸭腿 \ 制作者：邓旭营

Roast Duck Leg with Orange Sauce

出品量1份

原　料

鸭腿	1只
盐	1克
红糖	10克
叉烧酱	50克
鲜橙	1个

制作过程

1. 用盐、红糖、叉烧酱涂抹鸭腿，腌制4小时。
2. 烤箱温度200～230℃烤熟鸭腿肉，呈金黄色。
3. 将烤熟的鸭腿肉摆放盘中，用烤熟的橙子片及芦笋尖装饰。
4. 最后将剩余橙子榨汁放入锅里加红糖慢慢煮（橙汁有稠度为最佳）点缀即可。

奥尔良烤鸡翅中 \ 制作者：邓旭营

Roast Chicken Wing Orleans Style

出品量1份

原　料

鸡翅中	70克
奥尔良腌鸡料	6克
白葡萄酒	3毫升

制作过程

1. 鸡翅中用水清洗干净。

2. 把鸡翅中放入盆中，加入白葡萄酒、腌鸡料搅拌均匀，静腌制60分钟。

3. 烤箱底火180℃面火230℃，烤制8分钟后即可。

煎鸭胸配蓝莓汁 \ 制作者：郝杰

Pan-fried Duck Breast with Blueberry Sauce

出品量1份

原　料

鸭胸	200克	小葱尖	1段
玉米粒	10克	天鹅气鼓	2只
大麦	10克	楼梯气鼓	1个
薏米	10克	巧克力	1克
凉瓜	50克	小红辣椒	1克
奶油	5克	法香	10克
黄油	2克	洋葱	50克
蓝莓汁	100毫升		

制作过程

1. 将鸭胸改刀切3×3厘米方块，凉瓜切宽1厘米（长度可以不等）的长条，小红辣椒顶刀切圆片，洋葱切丝。

2. 玉米粒、大麦、薏米煮熟后用黄油翻炒，放入奶油、盐、法香，把切好的洋葱丝炸成金黄色，凉瓜焯水备用。

3. 用巧克力和红辣椒圈在盘子一角做装饰。在盘子中间把炒好的杂粮放入直径6厘米的圆模子中，拿走模子用焯好水的凉瓜围边。

4. 将鸭胸煎熟后放入天鹅造型上，再放上蓝莓汁，搭配气鼓，用小葱尖装饰即可。

煎小牛仔柳配干葱红酒汁 \ 制作者：尚远新

Grill Veal Loin with Shallot Red wine Sauce

大连富丽华酒店西餐行政总厨。

出品量1份

原 料

牛仔柳	140克	烧汁	100毫升
芦笋	6根	橄榄油	20毫升
彩椒	2片	盐	2克
口蘑	1个	黑胡椒碎	1克
干葱	15克	炸胡萝卜丝	5克
红酒	100毫升		

制作过程

1. 将牛仔柳改成牛排形，加盐、黑胡椒碎调味；将芦笋、彩椒片、口蘑用盐、黑胡椒碎、橄榄油调味，扒熟备用。

2. 橄榄油炒干葱至香，烹红酒，浓缩至一半，加烧汁再浓缩至一半，放入盐、黑胡椒碎调味，成干葱红酒汁备用。

3. 装盘，用炸胡萝卜丝放顶部做装饰，将干葱红酒汁浇在牛柳周围即可。

原 料

去骨鸡腿	200克
口蘑	50克
洋葱	10克
烧汁	20毫升
淡奶油	5毫升
黄油	10克
白葡萄酒	8毫升
盐	5克
白胡椒粉	3克
面粉	3克

制作过程

1. 将去骨鸡腿洗净，用盐、白胡椒粉腌10分钟，再沾薄薄一层面粉备用。

2. 将锅烧热加入黄油，放入蘸好面粉的鸡腿，小火煎至金黄色放入150℃的烤箱烤5分钟。

3. 将洋葱切碎，口蘑切成薄片，将锅烧热加入黄油、洋葱碎炒香，再加入口蘑片炒出水分，加入白葡萄酒煮1分钟再加入烧汁。锅开后加入淡奶油，加入适量盐调味，制成蘑菇汁。

4. 将烤好的鸡腿放在盘子中间，浇上蘑菇汁，用胡萝卜榄、西兰花装饰即可。

印度咖喱鸡 \ 制作者：于兵

Chicken Curry with Potato

出品量1份

原　料

嫩公鸡	200克	彩椒	15克
印度咖喱粉	20克	椰浆	50毫升
黄姜粉	5克	盐	15克
洋葱	60克	黑胡椒粉	5克
蒜头	30克	香叶	3片
鲜姜	20克	烹调油	60毫升
干辣椒	3个	鸡汤	150毫升
土豆	50克	香蒜	10克

制作过程

1. 首先将嫩公鸡切为20克大小的块，洗净后控干水分，用盐和黄姜粉腌制60分钟。
2. 将洋葱、生姜、大蒜切碎，干辣椒剪段。香蒜切碎备用，土豆洗净切块泡水。
3. 取一个平底锅加入烹调油，烧热后放入腌过的鸡块，煎出香味后将鸡取出控油。
4. 将控出的油重新倒入平底锅中上火，放入洋葱、姜、蒜碎、干辣椒段、彩椒块炒至浅黄色后放入咖喱粉炒出香味，然后放入鸡汤、香叶、椰浆、黑胡椒粉和盐。
5. 煮开后放入煎过的鸡块，用小火焖10分钟，然后加入土豆块焖熟至汁浓即可。

法式红酒烩鸡 \ 制作者：于兵

Chicken Braised with Red Wine

出品量1份

原料

原料	用量	原料	用量
嫩公鸡	200克	黑胡椒粉	5克
干红葡萄酒	50克	番茄酱	30克
咸肉	20克	盐	15克
红洋葱	50克	鲜口蘑	30克
芹菜	40克	烹调油	50毫升
胡萝卜	40克	鸡汤	150毫升
香叶	2片		

制作过程

1. 首先将嫩鸡切为20克大小的块，洗净控水备用。

2. 将洋葱、胡萝卜、芹菜切块放入容器中，将鸡块、香叶、盐、黑胡椒粉、红酒拌匀，腌4小时（中间翻动一次）。

3. 将腌好的鸡块挑出，腌料留用。

4. 取一个平底锅加入烹调油烧热，放入腌好的鸡块煎上色。

5. 倒入洋葱块、芹菜、胡萝卜及咸肉块，翻炒出香味后加入番茄酱炒透，然后加入干红葡萄酒煮2～3分钟，最后加入鸡汤、盐和鲜口蘑块，用小火烩30～40分钟即可。

奶油烩鸡 \ 制作者：张德良

Chicken "a la king"

原 料

黄油	40克	牛奶	60毫升
洋葱	10克	奶油	60毫升
青椒	20克	鸡肉	230克
蘑菇	45克	雪利酒	10毫升
面粉	20克	盐	若干
鸡汤	250毫升	胡椒粉	若干

制作过程

1. 用黄油、面粉、牛奶制成奶油汁。

2. 将鸡肉煮熟、切丁，备用。

3. 将黄油、洋葱、青椒和蘑菇炒出香味，放入鸡肉丁，加入奶油汁，再放入鲜奶油、鸡汤、雪利酒、胡椒粉、盐调味即可。

北京国际饭店西餐总厨。

扒鸡胸配蓝莓汁 \ 制作者：史汉麟

Grilled Chicken Breast with Blueberry Sauce

出品量1份

原　料

带骨鸡胸	1个
青苹果	1个
鲜蓝莓	50克
藕	100克
烧汁	50毫升
盐	3克
胡椒粉	1克

制作过程

1. 鸡胸用盐和胡椒粉腌制10分钟，用扒条炉扒熟。

2. 青苹果洗净切成月牙状，放入盘中垫底，扒好的鸡胸放上面，再放上炸好的藕片。

3. 鲜蓝莓用搅拌机打成蓉，再和烧汁混合一起煮开，用盐和胡椒粉调味，淋在鸡胸上和盘中，其余做装饰。

芦笋酿鸡胸 \ 制作者：史汉麟

Stuffed Asparagus with Chicken Breast

出品量1份

原　料

鲜鸡胸	250克
鲜芦笋	60克
土豆	120克
胡萝卜	60克
鲜蘑菇	30克
烧汁	50毫升
胡椒盐	25克

制作过程

1. 用烧汁粉或用传统制作法煮制些烧汁。土豆煮熟切片，蘑菇切片待用，胡萝卜初加工煮熟待用。

2. 鸡胸分开调味酿入鲜芦笋，把外表煎成金黄色放入烤箱。

3. 把锅加热，炒土豆、蘑菇、胡萝卜，放入盘中，烧汁淋在盘中，把鸡胸改刀和香草一起装点成型。

小贴士：

此菜为法式新派菜肴，简单、时尚，容易被接受。鸡胸属于白肉中的白肉，在讲究以健康为宗旨的时代，因其脂肪低备受女士青睐。

香煎香草黄油味鳕鱼配榛子浓香汁 \ 制作者：袁小飞

Pan-fried Cod Fish Served with Herb Butter Sauce

出品量1份

原　料

鳕鱼	150克	盐	5克
杂果碎	5克	黑橄榄	3片
香草黄油	10克	小番茄	2片
橄榄油	5毫升	紫苏叶	1片
茄子肉	35克	牛奶	10克
胡椒粉	3克	奶油	5克

制作过程

1. 将茄子煮熟后用橄榄油炒香，加入盐、胡椒粉，用打碎机打碎铺在盘底。
2. 把牛奶、奶油打成泡沫状。
3. 将鳕鱼用盐、胡椒粉腌制后，煎成两面金黄色，放上香草黄油烤熟。
4. 将烤熟的鳕鱼摆放在铺垫好的茄泥上，把泡沫状的牛奶汁浇在鱼的四周。
5. 将紫苏叶、杂果碎、橄榄片、番茄片摆放在鱼身上装饰即可。

小贴士：

鳕鱼本身具有咸鲜的特点，烹制时不宜放过多的盐。

香煎扇贝海螯虾配马铃薯奶油牛肉汁 \ 制作者：袁小飞

Grilled Scallop and Dublin Bay Prawn,Served with Truffle,Potatoes and Beef sauce

出品量1份

原　料

扇贝	2个
海螯虾	1只
黑菌片	2片
土豆	2个
鲜虾	2只
豆苗	5克
牛肉汁	15毫升
橄榄油	10毫升
黄油	10克
盐	3克

制作过程

1. 用橄榄油将扇贝、海螯虾、鲜虾煎熟，上色。

2. 土豆用水煮熟，削成正方形，用黄油煎上色。

3. 将扇贝、土豆、海螯虾、鲜虾、黑菌片摆放在盘中，浇上牛肉汁，撒上盐，最后用豆苗作为装饰即可。

小贴士：

海鲜不宜煎制过老，否则易丧失过多水分和蛋白质，黑菌生吃即可。

焗大虾配蒜香菠菜 \ 制作者：谢民

Baked King Prawn with Garlic Spinach

原　料

大明虾	2只
菠菜	100克
柠檬	1个
盐	2克
白葡萄酒	10毫升
胡椒粉	3克
香草	5克
黄油	4克
大蒜	适量

制作过程

1. 明虾去虾线，背开斩断虾筋，用盐、白葡萄酒、胡椒粉、柠檬汁腌制。
2. 菠菜取叶焯水，上火加黄油、大蒜炒香备用。
3. 明虾抹好香草、黄油，放入明火焗炉中焗熟。
4. 将菠菜放入盘中，上面放虾肉装盘即可。

北京温特莱酒店西餐行政总厨。

出品量1份

原　料

虾仁	20克
奶油沙司	30克
鱿鱼	50克
淡奶油	5克
鱼肉	50克
酥盒	1个
油	100毫升
蘑菇	10克
胡萝卜	50克
洋葱	50克
西葫芦	50克
盐	3克
胡椒粉	1克

制作过程

1. 虾仁、鱿鱼、鱼肉、蘑菇切成丁，用油炒香炒熟。
2. 把炒好的原料放入奶油沙司中炒制，并加入淡奶油、盐、胡椒粉调口备用。
3. 把胡萝卜、西葫芦削成橄榄状煮熟备用。
4. 把酥盒中央挖空，装入炒好的原料。
5. 盘中放入酥盒，并用胡萝卜、西葫芦装饰即可。

煎虹鳟鱼排配柠檬黄油汁 \ 制作者：杨大成

Pan-fried Trout Steak with Lemon Butter Sauce

原　料

虹鳟鱼柳	200克	盐	3克
柠檬	1个	小番茄	3个
黄油	50克	胡椒粉	1克
芝麻	100克	洋葱	适量
白葡萄酒	30毫升	大蒜	适量
菠菜	100克		

制作过程

1. 把虹鳟鱼柳切成2片，用盐、胡椒粉调味，并将其中一片蘸上芝麻备用。
2. 菠菜焯水后加蒜蓉炒香；小番茄调味炸熟备用。
3. 锅中放油把虹鳟鱼片煎熟。
4. 锅中放黄油、洋葱碎，炒香加入白葡萄酒煮，制成沙司。
5. 盘中放入炒好的菠菜，上面放煎制好鱼片，沿盘子边缘淋上沙司。
6. 用柠檬、小番茄装饰即可。

北京翠明庄西餐行政总厨。

酥炸鱼柳 \ 制作者：刘嵬

Fried Fish and Chips

出品量1份

原　料

加吉鱼柳	120克
面粉	100克
啤酒	120毫升
柠檬	1/2个
混合生菜	80克
薯条	100克
它它汁	30克

制作过程

1. 将鱼柳均匀地切成斜片，用盐、胡椒粉、柠檬汁腌制。

2. 将面粉和啤酒混合搅拌均匀，做成啤酒糊。

3. 将腌好的鱼柳均匀地蘸上啤酒糊，放入油锅中炸至金黄色。

4. 将生菜洗净装饰盘头，薯条炸好垫底，放上鱼柳即可（出菜时配上它它汁）。

煎鳕鱼配番茄汁 \ 制作者：杜惠平

Pan Fried Cod Fish with Tomato Sauce

出品量1份

原　料

银鳕鱼	150克	橄榄油	10毫升
土豆粉	50克	盐	4克
番茄	100克	胡椒粉	3克
节瓜	50克	白葡萄酒	10毫升
刁草	5克	柠檬汁	5毫升
柠檬	20克	牛奶	100毫升
水瓜柳	5克	黄油	40克
番茄汁	100毫升		

制作过程

1. 先将鳕鱼用盐、胡椒粉、白葡萄酒、柠檬汁腌制备用。

2. 牛奶倒入锅中，加入黄油煮开，再倒入土豆粉，调成泥状备用。

3. 起锅倒入椰榄油，将鳕鱼煎成金黄色装入盘中，淋上自制番茄汁，土豆泥制成形状和配菜摆在盘边，用刁草、番茄、柠檬等做装饰。

扒大虾配香草黄油汁 \ 制作者：杜惠平

Grilled King Prawn with Garlic Herb Butter

出品量1份

原　料

大虾	2只	蒜蓉	5克
土豆	50克	柠檬汁	5毫升
西兰花	15克	盐	4克
胡萝卜	15克	胡椒粉	3克
柠檬	20克	黄油	40克
鲜刁草	5克	香草汁	40毫升
干白葡萄酒	10毫升		

制作过程

1. 将大虾修饰、开背、取虾线，用干白葡萄酒、黄油、蒜蓉、盐、胡椒粉、柠檬汁腌制15分钟，然后煎至八成熟。

2. 用扒条炉扒至全熟，将香草汁淋在虾背上，摆各种配菜上盘，用柠檬、鲜刁草装饰即可。

香煎金枪鱼配班尼式汁 \ 制作者：邓旭营

Pan-fried Tuna Fish Fillet with Béarnaise Sauce

出品量1份

原　料

金枪鱼	120克
盐	1克
鸡粉	1.5克
柠檬汁	1毫升
刁草	0.1克
橄榄油	50毫升
班尼士汁	30毫升

制作过程

1. 选优质的金枪鱼排，用盐、鸡粉、柠檬汁、刁草腌制4小时。
2. 扒板升温200～220℃，将鱼排煎熟。
3. 将煎熟的鱼排装盘配班尼士汁同上即可。

班尼士汁配方：

干白葡萄酒100毫升，他拉根香醋 100毫升 ，干葱碎 2茶匙，黑胡椒少量，鲜他拉根香草2茶匙， 蛋黄4个 ，清黄油 300毫升，盐、胡椒粉少许。

原　料

海鲈鱼净肉带皮	200克	奶油	100克
蓝橙酒	300毫升	黄油	5克
土豆粉	150克	芋头	1片
芦笋	3根	白胡椒	1克
雕刻鱼	1个	盐	1克
糖碗	1个	柠檬	1个
意大利面	1根	彩色糖棍	2克
菠菜	300克	龙虾汁	适量

制作过程

1. 鲈鱼肉用白胡椒、盐、柠檬汁腌制；芦笋去根焯水；意大利面过油粘上彩色糖棍。
2. 芋头片切成三角形炸成金黄色；蓝橙酒上火烧开，放入土豆粉打成泥状。
3. 鲈鱼煎好后淋上龙虾汁，上面放上糖碗，中间放入做好的意大利面彩棍。旁边用蓝橙酒、马铃薯泥挤成波浪形，放上雕刻好的鱼，放上芋头片。
4. 菠菜加黄油炸熟调味，加入奶油用打碎机打出泡沫来，淋在鱼上用芦笋装饰即可。

水沃比目鱼配藏红花汁 \ 制作者：张炳辉

Poached Sole Fillet with Cream of Saffron Sauce

原　料

比目鱼柳	150克	法香碎	5克
淡奶油	100毫升	西兰花	30克
干白葡萄酒	50毫升	芦笋	20克
藏红花	5克	小番茄	10克
香叶	3片	黄油	30克
柠檬	1个	盐	10克
洋葱碎	50克	白胡椒粉	5克
土豆	300克		

制作过程

1. 加热干白葡萄酒后放入藏红花浸泡备用。

2. 用黄油炒香洋葱碎，加入干白葡萄酒浸泡液，浓缩后放入淡奶油调味备用。

3. 锅中放水、柠檬片、香叶煮开后放入比目鱼小火浸熟；用黄油炒煮熟的西兰花、芦笋、番茄，调味；土豆削成橄榄状，用水煮熟后再用黄油、法香碎炒，调味。

4. 装盘后，将过程2的汁淋在比目鱼上即可。

煎鳕鱼配刁草汁 \ 制作者：郝强

Pan-fried Cod Fish with Cream Dill Sauce

出品量1份

原料

鳕鱼	200克	洋葱末	15克
乌贼	10克	柠檬汁	20毫升
帕美臣芝士	10克	白葡萄酒	20毫升
番茄	50克	淡奶油	30毫升
西葫芦	50克	盐	6克
罗勒叶	2克	白胡椒粉	2克
刁草	3克	黄油	20克

制作过程

1. 将鳕鱼、乌贼用刁草、白葡萄酒、洋葱末、柠檬汁、盐、白胡椒粉腌渍。

2. 将西葫芦、番茄切成片用黄油煎上色；将鳕鱼煎上色，乌贼煎至全熟。

3. 烤箱温度升至170℃，将鳕鱼、番茄、西葫芦、罗勒叶、帕美臣芝士层层相叠放入烤箱，烤3分钟至全熟。

4. 将锅烧热放入黄油，待黄油融化后加入洋葱，炒香后加入柠檬汁、淡奶油、刁草，白葡萄酒15毫升煮至浓稠，加入盐、白胡椒粉调味制成奶油刁草汁。

5. 将鳕鱼放在盘子中间，乌贼放在鳕鱼周围，淋上奶油刁草汁即可。

蒸比目鱼柳配香槟汁 \ 制作者：许哲峰

Steamed Sole Fillet with Champagne Sauce

原　料

比目鱼	1条
意大利青瓜	1根
胡萝卜	1根
鲜莳萝	5克
香槟酒	30毫升
奶油	50克
盐	适量
胡椒	适量
柠檬	适量
李派林	适量

制作过程

1. 比目鱼剔出鱼柳，用盐、胡椒、柠檬、李派林腌制。将青瓜、胡萝卜切薄片（部分切丝）。

2. 将比目鱼柳用青瓜和胡萝卜薄片卷成卷，蒸10分钟。

3. 蒸好的鱼柳放盘中。蒸出的鱼水倒入锅中，加入香槟和奶油，收汁后调味，加入莳萝碎、青瓜丝、胡萝卜丝，浇在鱼卷上即可。

马来叁八大虾 \ 制作者：史汉麟

Sambal Prawn

出品量1份

原料

鲜中虾	200克	青瓜	30克
叁八酱	50克	胡萝卜	30克
干葱	20克	洋葱	30克
红辣椒	3个	白醋	20毫升
香茅	1根	白糖	30克
鱼露	30毫升	胡椒盐	30克
米饭	100克		

制作过程

1. 青瓜、胡萝卜、洋葱切成小条用糖、醋腌成泡菜待用。
2. 把叁八酱用文火与香茅、鱼露调口适度。
3. 锅加热，用中火煎好虾，炒香干葱、红辣椒，放入叁八酱与虾烹制。
4. 米饭与烹制好的虾、泡菜一起盛盘。

蒸比目鱼卷配白兰地汁 \ 制作者：苏强

Steamed Sole Fish with Brandy Sauce

原 料

比目鱼	150克	盐	少量
白兰地酒	20毫升	白胡椒粉	少量
豆芽	20克	奶油	100毫升
红绿青椒丝	20克	鱼骨水	适量
香菇丝	20克		

制作过程

1. 把比目鱼改刀成长8厘米、宽3厘米、厚0.5厘米的片。

2. 用比目鱼把切好的豆芽、红绿青椒丝、香菇丝、卷成卷（留一个小尾巴）。上锅蒸5~6分钟。

3. 锅烧热后放入白兰地酒煮一会，再放入鱼骨水继续煮，最后放奶油、盐、自制胡椒粉调口。

4. 把蒸好的比目鱼卷放入盘中，浇上做好的汁即可。

萨塔马尼斯亚三文鱼柳配芝士烩饭 \ 制作者：魏永明

Pan-fried Salmon Fillet with Cheese Risotto

出品量1份

原　料

深海三文鱼	200克	茴香头	50克
罗马番茄	50克	干白葡萄酒	30毫升
黄色小胡瓜丁	50克	黄油	20克
法式小干葱	20克	橄榄油	20毫升
鲜罗勒叶	10克	柠檬汁	20毫升
意大利米	50克	鸡汤	100毫升
帕玛臣芝士	50克	盐	5克
绿芦笋	50克	胡椒	3克

制作过程

1. 用盐、胡椒、柠檬汁腌制三文鱼；用黄油把三文鱼煎至八成熟。

2. 炒小干葱和意大利米，加入干白葡萄酒、鸡汤烩至软熟；出锅前加入芝士。

3. 把番茄去皮、去籽，加入小干葱、小胡瓜、鲜罗勒叶丝、柠檬汁、橄榄油、盐、胡椒，做成番茄沙司。

4. 将茴香头、芦笋焯水调口备用。

5. 装盘时在三文鱼下垫拌好的番茄沙司，旁边配意大利芝士烩饭，用茴香头和芦笋做装饰。